파아란 하늘되어
황금빛 아침되어

파아란 하늘되어 황금빛 아침되어

발행일   2015년 7월 6일

지은이   최 병 현
펴낸이   손 형 국
펴낸곳   (주)북랩
편집인   선일영   편집   서대종, 이소현, 이은지
디자인   이현수, 윤미리내, 임혜수   제작   박기성, 황동현, 구성우, 이탄석
마케팅   김회란, 박진관, 이희정, 김아름
출판등록   2004. 12. 1(제2012-000051호)
주소   서울시 금천구 가산디지털 1로 168, 우림라이온스밸리 B동 B113, 114호
홈페이지   www.book.co.kr
전화번호   (02)2026-5777   팩스   (02)2026-5747

ISBN   979-11-5585-656-7 03810(종이책)   979-11-5585-657-4 05810(전자책)

青夏청하·崔炳絃최병현 詩集시집

파아란
하늘되어

황금빛
아침되어

북랩 book Lab

이 詩集시집은

아버님, 어머님의 영전에 바칩니다.

그리고 행방을 알 수 없는 성자 같은 성품의

북녘의 형님께 드립니다.

목 차

저자의 서언

　　　　미술관의 그림 앞에 서있을 때처럼

그리스의 원형 노천극장에서

맑은 원음의 노래를 듣고, 비극을 보고

　　　로마제국의 원로원에서

　　　원로들의 웅변과 변론을 듣는 것처럼

이 詩集시집에서

　　　작은 마음의 감동, 영감을 느끼고

　　　위안을 받는다면 또

　　　밝은 세상 열어 가는데 도움이 된다면

　　　다행이고 보람이겠습니다.

　　　　　　　　　　　　　　2015년 7월

　　　　　　　　　　　　　　靑夏청하 · 최병현

저의 80주년 생일 기념 겸

미국 손주의 하바드 대학 입학 기념을

동생의 후원으로
북랩출판사 배려로 출판하며
가난한 詩人시인의 가족으로 어려움과 고통을
참고 견디어준 가족 친족들에게 미안하고 감사하며.

鄕愁향수

그 옛날

봄꽃 피어난 자리

실바람 한줄기 스치고

새소리 하나 나의 귀를 채운다

자귀나무 가지에 뻐꾸기 가만히 울음 머금고

나는 부채를 접고 먼 하늘 흰 구름만 본다

바닷가 백사장 언덕

밀려드는 파도 소리

나리꽃 찔레꽃 짙은 향이

흩날려와 나의 꿈을 깨워 달래는구나

오! 황금빛 찬란한 아침
행복한 세상!

사랑과 기쁨으로 나를 키우신
부모 형제 지금은 언제나
그리움으로 와 계시네

나의 영혼 저편
時空시공이 멈춘 화려한 봄날
그 永遠영원의 樂園낙원 속에!

還生환생
"그리움 꽃"

孫主손주를 품어 안고 잠을 재운다
잠든 얼굴에 입을 댄다
나의 입술에 입을 맞춘다

가녈한 마음으로 얼굴을 살핀다
아버님 어머님 모습이 와 계신다
그리운 모습이 살아 계신다

감사의 마음으로 하늘을 우러르니
저 하늘엔 늘 흰 뭉게구름
그리움 꽃으로 피어 있으리

이 뜰엔 영산홍꽃 장미꽃도 붉게 피어오고
瑞香花서향화·라일락 짙은 香향에 취한 나도
여기 老醜노추한 어린이로 살아 있나니

여름날의 彷徨방황

여름이면 그리워지는 이

바닷가에 피어오른 구름이

이 마음 못 견디게 찾듯이 그리워지는

그이는 먼 나라

너 少女소녀의 웃음소리 微笑미소는 어디로 갔나

물새 울음 자욱한 아침 햇살 따라

사라져 갔나

가다가 부서져 조각이 난 채

파도에 밀려 돌아오는가

슬픈 뜻의 노래와 함께

여름 한낮 졸음을 깨고

들려오네 나에게로 언제까지나

무더운 날 파도를 타고

청하늘

청하늘 그 속에 흰 구름 가고
흰 구름 떠 간곳에 그리움만 남으니

그리움은 그윽한 영혼의 향기
떠나간 님들의 고은 情分정분은

가슴속에 쌓이는 黃金황금그림자

다시는 오지마소

가소 다시는 오지마소
꽃 피고 새 우던
화려한 어느 봄날
빛나던 그 사람

빛바랜 사진 들고
다시는 오지마소

찾는 그 사람
이제는 가고 없소

세월에 씻기고
바람에 깎이어가

이제는 그 사람
여기 떠나고 없소

빛나던 그 사람
그 마음속으로
스며가고 없소

다시는 오지마소
오지마소

2014. 1

슬픈 回想_{회상}

아버지 서울 가시고

병원에 다녀온 아기동생

뻐꾸기 밤새 서글피 울던 봄밤을

홍역으로 야속히 앓던 해님처럼 웃던 두 살 난 동생

숨거두어 눈 감고 우리를 떠나더라

젊고 고우신 우리 어머니

나직하고 그윽한 애통소리

솔바람인 듯 파도 소리인 듯

다섯 살 아이인 나도

눈물로 채워진 희미한 연기였다

그날 아침도 하늘은 푸르고

떠나는 동생처럼 해님은 웃고

금빛아침은 눈부셨다

이웃 아저씨 자그마한 하얀나무관을 어깨에 메고
'현이 어머니 오시지 마오'

나는 어머니 따라 언덕길에 서서
멀어⌣져 가는 동생을 보고 있었네

2013.11.10. 밤 1시 인천 아들집에서

北북으로 난 하아얀 길

北북으로 난 하아얀 길
믄형님 가신
서글픈 여름 아침 길

그리움 실어
바람 따라 물 따라
흐른 세월 육십년

오늘 그 길목에 서서
그날 그 모습 그 자취
따라 그리며

먼 北북녘 하늘
慈悲자비로 가득하기 비옵니다

가족도 가정도 직장도 떠나
25세 젊음을 혁명의 길에
보태런다 하시더이까…?

사랑하고 존경하는 兄형님
人情인정많고 慈愛자애로우신 兄형님
가신 그 길이 변함없이 바른 길이기
바랏아 옵니다 당신의 신념대로

風聞풍문에 들리기로
學者학자로 大學대학에 계신다 더이다
그런데 웬일로…
89년 동유럽 국가들이 해체 되고
天安門천안문 소요가 있을 때
갑자기 체포되어 가시고
행방을 알 수 없다지요
퇴직한 남쪽출신 학자
이용가치 없으니 그렇게 이용되셨나요

세상사람 다 속여도
저는 兄형님의 丹心단심과 人格인격을 믿습니다
하늘은 보고 계십니다

지금은 80넘은 老翁노옹이신데
어디서 어떻게 지내시는지요

저의 마음속에는 항상
聖者성자처럼 계시옵니다

어디서나 어느 환경에서나
만수무강 하시오소서
자비광명의 큰 품 안에서

淸純청순한 處女처녀

벌 나비 나돌고

새 노래 고운

靑綠청록빛 맑은 봄날

꽃들과 어울려 핀

淸純청순한 處女처녀 만나리

여름날 아침

산 나리꽃 붉은

동산에 올라

이슬 젖은 그대무릎 비고 누워

멀린 듯 처량한 꾀꼬리 소리 들으리

가을 山산열매 달콤히 무르익는
짙은 그香味향미에 흠뻑 醉취하리
그대 손 꼬옥 잡고
山산새 따라
山산길을 걸으리

별빛 찬란한 밤에
따뜻한 그대 만나리
그대의 純情순정에 내 마음 울먹이니
부드러운 마음, 그 가녈한 微笑미소

오! 淸純청순한 處女처녀
祝福축복하러 가리

날은 저물어도 밤길을

날 저물어 쉴 곳 없다 걱정은 마오
그대로 밤길을 가다가 보면

어느덧 먼동이 터 날은 밝으니
아침해 이불 삼아 언덕에 기대
단잠 청해 쉬어 가면 어떠하리오

지친 몸 허기진 몸 이끌고 갈지라도
지혜롭게 밝은 눈 닦고 또 가면
둥글게 밝은 세상
만들어 살아가리

봄 나루터

뻐꾸기 울음소리
넋
끝닿은
봄 나루터

님은 떠나고
설움 두고 가는가

햇살도 멈춘 아침
江강물은 조용한데

모래 위에 두고 간
얌전한 두 발자국

나룻배도
빈 채로 돌아와 있네

이 눈에 어리는
뜨거운 눈물도

가는 님의 발 앞을
가리는 눈물도

풀잎에 이슬처럼 스러지런만
한나절은
취한채로 흐르리이다

바람이 분다

오늘 아침에도
바람이 분다

멀리 간 사람이
그립다

꽃 한 송이
고이 그대로

바람에 울며
시들어 가건만

오늘 아침에도
멀리 간 사람이
그립다

기다림

모두가 떠난
空虛공허한 자리
나만 혼자 남아 있구나

무엇을 기다리고 있는가
지난 기억들이
파도처럼 밀려와
또 사라져 간다

나를 닮은

天使천사 같은 손주 아이

해맑은 바람타고

환한 미소 지으며

동무들 데리고 오려는가

나의 孤獨고독을 지우려

오려는가

그대는 아득한

그대 떠난 길
아득하여
너무도 아득하여…
내 갈 수 없는 길

마음속 저릿하여
그대 아득한…
너무도 아득한……

눈물

눈물 흘러도
울음은 울 수 없고

눈물 닦아도
울음은 닦을 수 없는……

影像영상

꽃들이 形形형형히 피어

눈부시던 그 자리에

그대의 微笑미소

더욱 아름답더이다

새들 즐거이 모여들어

지저귀던 그 자리

그대의 노랫소리

더욱 곱더이다

南風남풍 불어와
휘돌아간 훈훈한 그 자리에
그대의 姿態자태는
더욱 부드럽더이다

아이들이 무리지어와
홀연히 몰려간 그 자리에
그대의 뒷모습은
더욱 서운하더이다

五月오월 어느 날

아내가 떠난 五月오월의 한낮
올해도 故鄕고향집 뜰에
장미꽃잎 진다
서운함이 온 집안에 인다

서울집에 도착했다고
전화소리는 태연하구나

아내가 고향집을 다녀가며

그런 날 있었느니

온갖 꽃

다투어 피고

벌 나비

춤추며 오가던

해맑은 玉옥빛 날들 그 속에 행복했던

내게 그런 날 있었느니

고운님

이슬길 밟고 간 아침

쓰르라미 여치소리

섧기도 하여

西窓서창 열고

벽에 기대 울던 純情순정

내게 그런 날 있었느니

달은

몇 밤을 뜨고

귀뚜라미 소리

서글피 새더니

텃밭엔

고추가 붉어지고

먼님 소식

기다림에 몸 뒤치던

그런 날 내게 있었느니

설날이 가까우면

돌아오리라

아스라이 먼 곳

내리는 눈 속을

고요히 가르며

눈앞에 다가설

그님 그리던

그런 날 내게 있었느니

푸른 꿈

푸른 밤이여

나의 밤이여

黃金少年황금소년인 나는

神신의 힘을 지녔지

달과 별은

銀은빛으로 출렁이고

고은 少女소녀의 生氣생기는

꽃 香氣향기 타고

내게 부서져 오나니

나는 푸른 꿈을 꾸며

그 밤은 오래 새어간다

아침 햇살이 밀면

그 꿈은 깨고

푸른 밤이

나의 푸른 밤이 오면

나는 또

푸른 꿈을 꾸리라

고향에서

고향은
늘 따스하지만
내 마음이 시리다

꽃처럼 곱던
정겨운 옛 사람들은

시들은 꽃잎처럼
초라하고

밤하늘 별처럼
서글프다

지금은 가고 없는
그리운 사람들

세월이 흐르고 흘러
머언 먼
그날에도……

故鄉고향

故鄉고향의 自然자연은
크고 恩惠은혜로워라

우리 生活생활에서 不安불안을 몰아내고
感謝감사의 마음과 平和평화를 주도다

내 焦燥초조로히
온갖 都市도시로 마을로 彷徨방황하다
돌아와 머무는 곳

아! 故鄉고향의 自然자연은 메마르지 않아
어머니 품속처럼 크고 慈悲자비로워라

내 이제 귀히 아끼고 키우며 지켜
善선을 나누고 살 곳은
내 故鄉고향, 그 自然자연의 품속임을

꿈

눈이 부시도록
마음이 부시도록
빛나는 微笑미소로

靑玉청옥빛 하늘 아래
서 계시는 어머님

산호빛 꽃들 만발한
화려한 봄날 아침
자비로운 그곳
우리 모두 善선하리니

눈이 부시도록
마음이 부시도록
자비로운 그곳
근심 걱정 없는 그곳

우리 永遠영원히
머물게 하소서

어느 날의 이별

그가 떠난
여름 아침
저 언덕 숲길
다시는 못 보리

즐거움 보다
슬픔이
행복하다고

시름에 엉켜
안겨오는 졸음
깨고 나면
후드기는 마음

실눈으로

그의 모습

먼 하늘가로

맴돌게 하네

행복한 사람이여

행복한 자여
그 행복의 바닥에는
그대의 힘든 노력과

누군가의
사랑과 기도와
눈물과 피땀이
있음을 아느냐

사랑하는
부모형제
자식손자

일가친척

이웃

근로자와

누군가의 고통이

그대의

행복 되어

주었음을!

어린 兵士병사의 죽음

어느 山村산촌의
陽地양지 밭 언덕에선가
어느 외양간
처마 아래선가

너는
이 땅의 主人주인인데
너의 臨終임종
그것은
이 땅의 어디인가

六月유월의
熱風열풍에 휘말려
洛東江낙동강에서
咸安함안, 山淸산청에서

彈탄비 쏟아지는
불밭을 헤쳐간
너 어린 兵士병사의
놀란 심장은

深淵심연을 헤매는
囚人수인의 괴로운
꿈에나 比비할까

人間인간은 누구나
눈 감으면
모든 것이 끝나는
眞理진리 속에서

어리석은 惡意악의의
싸움터에서도
純粹순수한
平和평화를 주는
너의 回想회상이

오늘 내게는
너 더욱 그리워진다

지금도
내 손목의 피를 데워주는
네 손쥠이 이 심장에까지
먼바다의
미랭이처럼 밀려온다

그때
너는 너대로
나는 나대로
어린 속에
무엇을 숨겨 두었던가

砲聲포성이 울리자
철없는 네가 銃총을 들고
맨발로
뛰쳐나간 것도

그것은
누구의 失手실수인가
이 땅 사람
누구의 罪죄인가

祖國조국 하늘을 우러러
목청이 터지게 불러도
네 이름은
네 이름은 없구나

故鄉고향 사람들

故鄉고향 사람들
내 어릴 때
아! 내 피처럼
따스하고 귀한 사람들

지금은
그 얼굴 주름바다
손바닥은
거죽처럼 굳어도
가난은 떠나지 않는가
돌려세우면 모습 서운한
아! 고향 사람들

내 모든 꿈 던지고
그 사람들과

뼈 굳도록 일한들
무엇 아까우리
그때 그 사람들은
오늘 저렇게 살아가는데

나는 그들 위해
무엇을 할까
어린 내 손목 잡고
바닷가로 산들로 노닐며
귀한 것 네 내 것 없던
그 사람들엔
이세상 싫다
죽은 사람도 있다네

고향에는
맹감을 따먹고 살아도
이세상이 좋다는 말도 있는데

그대 어이

이 말도 잊었는가

아! 고향의 山河산하

하늘은 저렇게

흰 구름 떠서

어디론가 가는데

우리 남기고

가는 것 무엇인가

나의 길은

그 어느 곳인가

純粹순수한 것은

現實현실은

墮落타락하여 있는 것

純粹순수한 것은

오직

그리워하는

마음뿐이로다

새 作業작업

그 옛날부터

물줄기를 잡기 위해

둑을 쌓았다네

잘 흐르는 물길을 막아

둑을 허무는 자들아

옛 주인을 잡아먹은

늙은 여우가

새로운 새끼를 까며 바다 위에서

狡猾교활한 재주를 부리네

그 언제나

民衆민중을 敵적으로

執權者집권자의

비위를 맞추며

살아온 그 여우가

病병든 새主人주인의 長壽장수를 권하며

썩은 고기 구린 똥도

먹으라 하네

그 많은 눈초리로

성내기 전에

잘 觀察관찰 하라

낯선 아이들이
짓밟고 간 이 花園화원에는
이제 고흔 꽃들도 없네

봄이 오면
그 꽃들은 다시 피지만
수라장인 敗戰패전터의
非情비정함이여

노란 하늘에는
검은 해가 떠 있다네
우리의 심장에는
가시가 박혀있네

서울의 中心街중심가에
參戰墓碑참전묘비가 높이 치솟네
起重機기중기엔
絢爛현란한 불꽃을 장식했는데
바닥의 礎石초석에는
戰死者전사자의 이름도 없네

싸움은 兵士병사에게
榮譽영예는 홍정꾼에게로

한겨울 눈보라치는
나뭇가지에 웅크린
孤獨고독한 산비둘기의
哀切애절한 울음을 듣는가

靑年청년들아, 詩人시인들아, 隊列대열로 뭉쳐라
世界세계의 푸른 하늘, 넓은 바다를 보며
勇氣용기로서 祖國조국의 밝은 길을 열어라!

얼어붙은 國土국토

얼어붙은 國土국토를
젊은이여 그대들
더운 피로 녹여라

우리에겐 이제
흐르는 눈물도
추위에 떠는
겨레를 감싸줄
더운 가슴도 없다

마그마 같은 눈물
천둥 같은 심장도 없다

요 몇 해 전 봄
南山남산의 北북쪽 기슭이
나를 물어가

물 한 방울 없는 욕탕에는
사람 그림자란 없는
몽둥이의 끝없는 춤과 담요와
쓰러진 나의 심장을 살피는
청진기의 가냘은 소리

보름 동안을,
지독히도 질긴 목숨
아홉 개의
호랑이 아가리를
명주실 흐름보다
더 아슬히……

그 텅 빈 空間공간의 납색 거울이

나를 살핀 괴로운 눈

그 눈을 깨어 부셔

그 조각으로

肉身육신의 苦痛고통을

끊으려던 考察고찰

그러나 의문의 종이쪽지에

指章지장을 찍으라는 强要강요

내가 던진 決斷결단의 말은,

"내 여기서 죽거든, 손가락을 잘라 가서 찍으라"

…… 南山남산의 KCIA 拷問室고문실

이곳에서 있었던 일은 절대 발설하지 말라는

强制강제의 覺書각서를 받고 풀려나…

반은 멍청한 돌이 된 머리
척추와 좌골에 다섯 군데 금이 가고
허리 밑은 발가락까지 온통 잉크물 탱크에서
나온 모양새…

아! 잔악한 무리들, 통증, 통증
지금은 술을 넘기지 않으면
칼날위에 누운 착각으로
돌아누우려면 백 척 낭떠러지 아래로 떨어지는 듯
밤마다 잠에서 고통의 고함을 지른다

※ 유신반대 운동의 해외교포와의 연계를 막기 위한 작전의 일환
   으로 1975년 3월 1일 새벽 4시 錫석 형은 不法連行불법연행 고문
   당하고 그 후유증으로 고통 겪다 10년 후에 돌아가시다.

아내와 噴水분수가에서

失職실직한 내가
아침 公園공원 가
치솟는 噴水분수 옆에 멈추어
憂愁우수의 웃음을 짓네

아내에게 주었던
마지막 패물을 들고
소꿉동무의 노리개를
빼앗은 것처럼
우울한 마음으로

거리에 나와
지난날엔 참지 못할
무안을 삼키며
아기에게 빼앗긴

아내의 榮養영양을 찾아
헤매었네

밝게 바르게 살려는
나는 아내는
거리에서
우울한 거리에서
돌아오는 길에
치솟는 噴水분수가에
서서 웃었네

하늘로 힘차게 치솟는
하얀 물줄기를 보고
밝게 빛나는 太陽태양을
번갈아 보며
굳센 아들을
낳아 기르자 하였네

나의 노래

나의 머리는
太陽태양처럼
偉大위대하고 眞實진실하리

나의 마음은
大洋대양처럼
넓고 아름다우리

나는 勇氣용기로서
나의 힘찬 발을
大洋대양에 내어딛고
나는 知慧지혜와 情熱정열을
太陽태양에서 배우리

太陽태양은 大洋대양에 기울어도

어둠이 이 세상을 덮을지라도

하늘이여

나는

빛나는 뜻을 향하여

밝게 살아가리라

눈물은 말라도

우리들 눈물은
다 말라 버려도

괴롭고 슬픈 날은
그치지 않네

비바람 몰아오는
검은 구름 위에도

드높이 푸른 하늘
빛나 있건만

우리에겐 외로운 날
가시지 않네

어떤 意味의미

배부르고
등 따시고
마음 편하면
그게 행복이지

사람 사는 일에
사랑하는 것도
기뻐하는 것도
눈물도
땀도
또한 값진 것이지

그리움 꽃 I

오늘 밤은
南山남산에 올라
못다 센
별을 세어야지

하늘나라 벗들의
놀라운 消息소식도
들어야지

내 영혼을
흔들던 感動감동으로
이제야 찾았네
그리움 꽃을

아버지 어머니 계신

푸른 하늘 속

치솟은 흰뭉게구름

내 이름 지으리

'그리움 꽃'으로

그 별은

七月칠월 어느 날
風雨풍우 개인 후
밤하늘의 별을 헤었다네
그 별은 지금
사라져 갔는지도 모르지

사람도 별도
생겨나고 사라지고

내가 우는 만큼
그 별도 울었으리

나의 情熱정열만큼
그 별도
情熱정열을 태웠으리

흰 구름떼 가는 소리

돛단배야
살며시
기슭에 대어라
기운 넘치는 七月칠월 하늘에
흰 구름떼
가는 소리 들린다

낮잠 속에서 본
빛나는 水晶山수정산을
세차게 넘는
바람의 숨결이
이 가슴 속에서
함께하여
두근거린다

三月삼월

三月삼월은 조용히

햇살이 밝아오고

大地대지의 숨결소리

들리기 시작하면

모든 生物생물은

잠에서 깨어

분주한 한해를 연다

하늘은 三月삼월에 祝福축복하고

온갖 씨앗은

절로 움트며

西風서풍이 불어 水仙花수선화 피기 전에

히아신스는 淸楚청초한 微笑미소로

純情순정의 香향을 그윽이 풍긴다

三月삼월은 祝福축복받은 달

善선한 손길이 다스리는 달

太陽태양의 誕生탄생

어둠속의

오직 하나의 소망

하나의 祈禱기도

그것은 기나긴 세월

오랜 기다림

오! 太陽태양이여!

그대는 誕生탄생하여

偉大위대하도다

크나큰 恩寵은총이로다

우리는

참으로 놀라움과 기쁨과

感謝감사와 榮光영광이

무언가를 알았노라

勝者승자의 運운

내게
敗패한 이들의 발을
조용히
씻어 주리라
그들 집의 마루도
윤이 나도록
닦아 주리라

가기는 간다마는

어느 女神여신의 노래인가
神신 내린 女人여인의 노래인가

'바람에 날려 가냐
구름에 실려 가냐
가기는 간다마는
좋은 길로 내 가느냐'

그 가락
가락은

내게는…
네게는……

옥수동 산마을을 산책하며

아내의 슬픈 눈

젊은 그날
고운 눈에
서린 슬픔을

사슴 눈에
비쳐가는 흰 구름인양

바라보던
옛날을 못 잊겠네

그 얼굴 그 눈에 서린 슬픔도
메말라 이제는 찾을 수 없고

세상살이 험한 뜻만
읽을 수 있네

허지만 그대는
알리 모르리

사슴처럼
내 발자국 놓치지 말고

맑고 고운 모습으로
따라와 준다면

어느 하늘가
흰구름 금빛구름
잡아타겠지

어머니

어머니 당신은
참 길이옵니다

이 세상의
가장 큰 힘입니다
가장 큰 사랑입니다

하늘과 땅의 일이
어지럽고
우리 終末종말의
瞬間순간에서도

어머니

당신의 품안은

늘 아늑한

平和평화이옵니다

꿈속의 그리운 아버지

하얀 길이 굽은 언덕
어느 길목에

마른 잎 구르며
하얀 하늘에서
눈이 내릴 듯한
높바람 부는데

나의
가장 간절한 祈禱기도로서
구원 받으실
병환으로 초췌하신……

평소 그 위엄 높으신 모습이……

홀로 그 바람을
밟고 계시네

이런 저런 말씀
자상히 다 하셔도

깊은 말씀 보이지 않으시던
그 높고 크신 度量도량을

오늘 아버님 그리는
모습 속에서 보았나이다

아버지, 그리운 아버님…

祈禱기도는 이어지고

어머니

우릴 위해 마련하신 井華水盞정화수잔에

五月오월의 오늘밤

銀河은하가 가득히 비쳐옵니다

강건하신 칠십 세 어머님이

혈압으로 누우신 이 밤에야

우릴 위해 비시던 그 자리에서

어머니의 쾌유를 기도합니다

战乱전란 때 六千里육천리 길 헤매어도

방황하며 고달픈 都市生活도시생활도

이 밤만큼 숨막히지 않았습니다

아무 일 없었던 듯 어서 일어나소서

鶴학처럼

鶴학처럼 살다 죽으리라
무척이나 애를 써보나

먼 하늘로
黃金황금빛 구름 흐름 보며
긴 목을 세워
千年천년 울음 머금어 본다

때로는
나래 깃이 부러지도록
마음껏 창공을 날아
흰 구름 위에 서성이다가

거울처럼 맑게 씻은
太陽태양을 보고
돌아와
또 이 자리에 선다

오늘도 가고,
내일도…

내가 사는 집

오늘 밤은 별들이
총총히 빛나고
술 마시며 흥겹던 벗들도 돌아갔네
내 집은 달동네 그래서 雲路閣운로각

소나무 가지 窓창가에 늘어지고
까치소리에 아침 잠 깨며
여름엔 매미소리
낮잠과 어울리니

서울의 南山남산 어느 기슭에
이만 하면 선비로서
살만한 곳 아닌가

별 점쟁이 나의 별은
샛별이라 했거늘
초봄 밤 내 窓창 밖에
더 가까이 빛나라

한생(一生일생)

나 하나 없어지면
이세상도 없듯이

별 하나 없어져
이세상 없네

아침 달
함께 온 한 生命생명이

여름 날
황혼에 가네

저녁 體薰체훈이
남은 생명을 울리듯이

나 또한 가며 우네
괴롭던
旅程여정을 마치고

太陽태양이
저렇게
眞實진실하듯이

우리 삶
또한 眞實진실하였네

하루를 살고
가는 삶도 있듯이
우리의 삶도
짧기만 하네

무한한 하늘에

우리보다 많은 별 있어도

우리는 귀하네

저 먼 별 보다도

손주 보러

손주 보러 머나먼 길
빈손으로 내가 왔네

부끄럽고 미안하여
올까 말까 망설이던

눈물 젖은 하얀 날들
사랑으로 가슴 채워

손주 앞에 서고 보니
서러움이 내 인사네

그 손주 잘 커서

그 손주 잘 커서
2015년 18세엔
세계 명문 HARVARD 대학에
겸허하게 입학하니

거룩하신 하나님께,
알게 모르게 도와주신 분들,
모든 인연에,
감사기도 드립니다

무능하고 볼품없는 팔십 인생 저에게도
이 행복 이 기쁨을 주시오니

무릎 꿇고 엎드려 감사인사 올립니다

앞날에도 항상 함께 하사
악을 멀리 하고
광명 자비의 선한 세상 열어가는
능력 있는 인재로 키워 주소서

祈禱기도

저의 祈願기원 들으소서

主주여! 저를
아름다운 여름
찬란한
황금빛 아침 속으로

가게 하소서
또 오게 하소서

파아란 하늘되어
황금빛 아침되어

살다가 살다가
떠나면 또 오리라

파아란 하늘되어
머언 저편으로 갈까

가서는 또한
황금빛 아침되어

화안한 웃음으로
금빛 세상 만들어 올까

더 아름다운 세상
만들어 올까